AF454935

9 mars 1861
Personnel — Dhios — 9.064

CATALOGUE

D'UNE COLLECTION

DE

TABLEAUX

ANCIENS

DES

ÉCOLES HOLLANDAISE & FLAMANDE

Provenant du Cabinet d'un Amateur hollandais

[Van der Eeckhout]

DONT LA VENTE AURA LIEU

HOTEL DES COMMISSAIRES-PRISEURS

RUE DROUOT, 5

SALLE N° 1

Le Samedi 9 Mars 1861

A 2 HEURES PRÉCISES

Par le ministère de Me **DELBERGUE-CORMONT**, Cre-Priseur,
rue de Provence, 8,
Assisté de **M. DHIOS**, Expert, rue Le Peletier, 33,

CHEZ LESQUELS SE DISTRIBUE CE CATALOGUE

EXPOSITION PUBLIQUE

Le Vendredi 8 Mars 1861, de une heure à cinq heures.

PARIS

RENOU & MAULDE

IMPRIMEURS DE LA COMPAGNIE DES COMMISSAIRES-PRISEURS

rue de Rivoli, 144.

1861

RENOU & MAULDE

IMPRIMEURS DE LA COMPAGNIE DES COMMISSAIRES-PRISEURS

Rue de Rivoli, nº 144.

CATALOGUE

D'UNE COLLECTION

DE

TABLEAUX

ANCIENS

DES

ÉCOLES HOLLANDAISE & FLAMANDE

Provenant du Cabinet d'un Amateur hollandais

DONT LA VENTE AURA LIEU

HOTEL DES COMMISSAIRES-PRISEURS

RUE DROUOT, 5

SALLE N° 1

Le Samedi 9 Mars 1861

A 2 HEURES PRÉCISES 

Par le ministère de Me **DELBERGUE-CORMONT**, Cre-Priseur,
rue de Provence, 8,
Assisté de **M. DHIOS**, Expert, rue Le Peletier, 33,
CHEZ LESQUELS SE DISTRIBUE CE CATALOGUE

EXPOSITION PUBLIQUE

Le VENDREDI 8 Mars 1861, de une heure à cinq heures.

PARIS

RENOU & MAULDE

IMPRIMEURS DE LA COMPAGNIE DES COMMISSAIRES-PRISEURS

rue de Rivoli, 144.

1861

CONDITIONS DE LA VENTE

—

Elle sera faite au comptant.

Les Acquéreurs paieront, en sus des enchères, CINQ POUR CENT, applicables aux frais.

DÉSIGNATION

DES

TABLEAUX

AARTGEN (Van Leyden).

1 — L'Adoration des bergers.

Sur le devant d'un temple, d'une riche architecture, la Vierge, des anges et des bergers sont prosternés devant l'Enfant Jésus.

Bois. - H. 53 c. L. 41 c.

ASSELYN (Jean).

2 — Paysage : vue d'Italie.

Toile.—H. 22 c. L. 34 c.

AVERCAMP.

3 — Patineurs sur une rivière glacée.

Bois.—H. 32 c. L. 54 c.

BACKUYSEN (L.).

4 — Marine avec plusieurs vaisseaux à voiles qui se dirigent vers le port.

Toile.—H. 59 c. L. 82 c.

BAUER (N.). 140

111 — 5 — Vue prise sur le canal de Leewarden.

Sur un canal glacé, un grand nombre de femmes luttent de vitesse dans une course en patins; sur la berge, un grand nombre de curieux assistent à ce spectacle, qui doit se terminer par un prix décerné au vainqueur.

Toile.—H. 59 c. L. 76 c.

BEERESTRATEN.

6 — Marine avec navires allant se briser sur des rochers.

Toile.—H. 53 c. L. 64 c.

DU MÊME.

7 — Marine. Mer agitée.

Bois.—H. 27 c. L. 36 c.

BERGHEM (Nicolas). 50

8 — Paysage et animaux.

Toile.—H. 32 c. L. 39 c.

BIBIENNA. 30

40 — 9 — Vue d'un riche palais d'Orient.

Toile.—H. 55 c. L. 81 c.

BOITARD.

10 — La Déesse des fleurs.

DU MÊME.

11 — Sujet mythologique.

(Pendant du précédent.)
Toile.—H. 37 c. L. 49 c.

BOL (Ferdinand). 80

12 — Portraits d'un seigneur et de sa dame vus à mi-corps.

Toile.—H. 115 c. L. 145 c.

BOTH (Jean). 21

13 — Paysage. Au centre, une rivière ; sur le bord, des pêcheurs retirent leurs filets ; à droite, des ruines.

Toile.—H. 24 c. L. 31 c.

BRAY (Jacques de).

14 — Portrait d'une jeune femme une couronne de fleurs sur la tête.

Toile. — H. 77 c. L. 66 c.

BRECKLENCAMP. 50

15 — Intérieur d'un cordonnier.

Bois.—H. 38 c. L. 31 c.

COYPEL.

7.50 16 — Flore et Zéphire.

Toile.—H. 52 c. L. 61 c.

DU MÊME.

14 17 — Jeunes Enfants entourés de fruits au milieu d'un paysage.

CHODEWIÉCKY.

18.50 18 — La Famille de Calas.

Toile.—H. 52 c. L. 67 c.

CUYLEMBURG.

19 — Baigneuses.

Bois.—H. 25 c. L. 27 c.

CUYP (Albert).

20 — Paysage. Au bord d'une rivière un berger et une femme gardent quatre vaches qui sont couchées et debout.

Toile.—H. 66 c. L. 84 c.

DU MÊME.

21 — Coqs et Poules dans un paysage.

Bois.—H. 67 c. L. 92 c.

DU MÊME.

22 — Paysage. Sur la droite, un groupe de villageois causent près de grands arbres.

Bois.—H. 46 c. L. 61 c.

DOES (Jacques Van der).

23 — Étude d'une tête de brebis.

Toile.—H. 50 c. L. 39 c.

DONGEN (Van), d'après Wynants.

24 — Paysage traversé par une route, orné de figures et animaux.

Bois.—H. 27 c. L. 36 c.

DU MÊME.

25 — Paysage traversé par une rivière. Sur la droite, une route animée de figures.

(Pendant du précédent.)
Bois.—H. 27 c. L. 36 c.

DUPRÉ (D.).

26 — La Porte Saint-Lorenzo à Rome.

Toile. — H. 51 c. L. 73 c.

DURER (Ecole de ALBERT).

27 — Portrait d'une jeune dame tenant un vase.

Forme cintrée.—Bois.—H. 75 c. L. 62 c.

DYCK (ANTOINE VAN).

28 — Le Christ, descendu de la croix, soutenu par la Vierge qui lève les yeux au ciel en pleurant.

Toile.—H. 141 c. L. 115 c.

EECKOUTH (J. VAN).

29 — Quatre personnages au milieu d'un paysage.

Bois.—H. 90 c. L. 94 c.

ESMAN (J.).

30 — Attributs de chasse.

Un faisan, un fusil, une poire à poudre et une carnassière; le tout posé sur une table.

Toile.—H. 59 c. L. 47 c.

ESSEN (C. Van).

31 — Paysage avec cavaliers en partie de chasse.

Toile.—H. 33 c. L. 46 c.

EVERDINGEN.

32 — Marine : vue des côtes de la mer avec rochers.

Toile.—H. 68 c. L. 102 c.

FERGUSON.

33 — Oiseaux morts posés sur une table.

Toile.—H. 49 c. L. 40 c.

FOORENBURG (Manière de Van der Neer).

34 — Clair de lune.

Toile.—H. 21 c. L. 28 c.

FRANCK (Floris).

35 — La Charité représentée par une jeune femme entourée d'une multitude d'enfants.

Bois.—H. 97 c. L. 115 c.

FRANCK.

36 — Le Christ sur la croix.

L'encadrement de ce tableau est formé par des anges portant les instruments de la Passion ; dans le haut, le Père Eternel.

Bois.—H. 44 c. L. 37 c.

GILLEMANS.

37 — Guirlande de fruits entourant un médaillon où est représenté un vase.

Toile. — H. 72 c. L. 55 c.

GLAUBER.

38 — Paysage.

Toile.—H. 23 c. L. 34 c.

GRAAT (Bernard).

39 — Portrait d'homme.

Il est représenté debout et vu de face à l'entrée d'un parc orné de statues.

Toile.—H. 113 c. L. 85 c.

HANSEN (C. L.).

40 — Vue d'un village. (Effet d'hiver.)

Bois—H. 54 c. L. 41 c.

HEEM (J. de).

41 — Fruits divers.

DU MÊME.

42 — Fruits.

(Pendant du précédent.)

Toile.—H. 25 c. L. 21 c.

HEEMSKERCK.

43 — Femme tenant un dévidoir.

Bois.—H. 25 c. L. 20 c.

HENDRICKS.

44 — Intérieur d'une grange où l'on voit un cochon pendu sur une échelle. Derrière une poutre, un homme et une femme causent.

Toile.—H. 53 c. L. 43 c.

DU MÊME.

45 — Départ de l'amiral Ruiter.

Toile.—H. 70 c. L. 81 c.

HONDIUS.

46 — Trois chiens poursuivant une cigogne.

Bois.—H. 30 c. L. 37 c.

HOOGH (Pierre de).

47 — Cour d'une maison hollandaise, où l'on voit une femme et une petite fille qu'elle tient par la main; dans un corridor, une autre femme vue de dos.

Toile.—H. 72 c. L. 59 c

HOREMANS (Jean).

48 — Marchande de légumes.

Toile.—H. 38 c. L. 31 c.

DU MÊME.

49 — Personnage à table.

(Pendant du précédent.)
Toile.—H. 38 c. L. 31 c.

HUYSUM (Jean Van), signé.

50 — Fruits divers groupés sur une table.

Toile.—H. 46 c. L. 40 c.

HUYSUM (Juste).

51 — Bouquet de fleurs.

Toile.—H. 77 c. L. 58 c.

JORDAENS (J.).

52 — Le Mariage de la Vierge.

Bois.—H. 63 c. L. 47 c.

KLOMP (Albert).

53 — Vaches et Moutons au pâturage.

Bois.—H. 41 c. L. 50 c.

KOEKKOET (B. C.).

54 — Paysage boisé où l'on voit deux vaches dans une mare d'eau.

Bois.—H. 23 c. L. 29 c.

KOEKKOET (J. H.).

55 — Patineurs sur un canal.

Bois.—H. 23 c. L. 30 c.

LAQUI (Joseph, d'après P. de Hoogh).

56 — Intérieur d'une maison hollandaise.

Une femme est occupée à faire son lit, tandis qu'une petite fille ouvre une porte qui donne sur un jardin.

Bois.—H. 51 c. L. 45 c.

MAAS (Nicolas).

57 — Portrait d'un guerrier.

Toile.—H. 44 c. L. 31 c.

MAES (N.), signé.

58 — La Dentellière.

Bois.—H. 18 c. L. 23 c.

MARATTI (Carlo).

59 — L'Annonciation.

Toile.—H. 96 c. L. 77 c.

DU MÊME.

60 — Sainte Famille entourée d'anges et d'un saint prosterné aux pieds de Jésus.

Toile. —H. 45 c. L. 34 c.

MATTON (R.).

61 — Portrait d'un guerrier nègre tenant un étendard.

Bois.—H. 28 c. L. 24 c.

MEER (Van der), le Jeune.

62 — Paysage montueux. Sur le devant, une rivière que des villageois traversent dans un bac.

Toile. —H. 23 c. L. 28 c.

MEYER (L.).

63 — Mer agitée.

DU MÊME.

64 — Bords de la mer.

(Pendant du précédent.)

Bois.—H. 19 c. L. 24 c.

MICHAU (T.).

65 — Vue d'un village animé de figures et chariots. Effet d'hiver.

Bois.—H. 71 c. L. 98 c.

MIÉRIS (W.).

66 — Portrait de femme. Elle tient une bougie à la main.

Bois.—H. 16 c. L. 13 c.

MOLENAER (J.).

67 — Scène d'intérieur. Un buveur embrasse une femme.

Bois.—H. 28 c. L. 27 c.

DU MÊME.

68 — Scène d'intérieur.

Bois.—H. 28 c. L. 30 c.

NIKKELEN.

69 — Intérieur d'un temple.

Toile.—H. 30 c. L. 35 c.

DU MÊME.

70 — Intérieur d'un temple.

(Pendant du précédent.)

Toile.—H. 30 c. L. 35 c.

NETSCHER (Gaspard).

71 — Portraits d'un jeune homme et d'une jeune fille.

Ils sont représentés dans un parc en Diane et en Adonis.

Toile.—H. 57 c. L. 52 c.

DU MÊME.

72 — Portrait de jeune fille assise dans un parc.

Elle porte une robe de satin et tient des fleurs.

Toile.—H. 56 c. L. 46 c.

OMMEGANCK.

73 — Paysage avec figures et animaux. Dans le fond, ruines d'une église.

Bois.—H. 45 c. L. 59 c.

OS (Jean Van).

74 — Bouquet de fleurs dans un vase.

Toile.—H. 51 c. L. 40 c.

OS (P. G.).

75 — Bergers gardant des bestiaux.

Toile.—H. 50 c. L. 61 c.

DU MÊME.

76 — Paysage avec animaux.

Toile.—H. 39 c. L. 50 c.

POEL (Egbert Van der).

77 — Incendie d'un village. Effet de nuit.

Bois.—H. 42 c. L 55 c.

POELEMBURG (Corneille).

78 — Diane entourée de nymphes.

Bois.—H. 31 c. L. 43 c.

POTTER (P.), signé.

79 — Une Vache debout et une autre couchée près de deux arbres. Dans le lointain, deux autres vaches.

Tableau d'une précieuse exécution.

PYNACKER.

80 — Deux vaches et une chèvre dans un paysage.

Bois.—H. 29 c. L. 23 c.

REMBRANDT (Van Ryn).

81 — Portrait d'un savant.

Il est représenté assis le coude appuyé sur une table, où sont posés une guitare, des livres et une tête de mort.

Bois —H. 90 c. L. 129 c.

ROTHZEUS.

82 — Portrait d'une gouvernante.

RUISCH (Rachel).

83 — Fleurs dans un vase.

Bois.—H. 45 c. L. 33 c.

RUYSDAEL (Salomon).

84 — Rivière de Hollande, animée de bateaux pêcheurs, de barques, et bordée par un village.

Bois.—H. 27 c. L. 42 c.

SCHELLINKS (Guillaume).

85 — Paysage, avec terrains accidentés, traversé par une route qu'une dame et plusieurs cavaliers suivent.

Bois.—H. 46 c. L. 55 c.

SCHELFOUT.

86 — Un Homme portant une botte de paille et une hotte sur le dos. Effet d'hiver.

Bois.—H. 30 c. L. 30 c.

SCHWEICHARD.

87 — Paysage.

Au milieu, un bouquet d'arbres sous lesquels sont assis trois hommes.

Bois.—H. 30 c. L. 35 c.

SPRONG.

88 — Portrait de jeune femme.

Bois.—H. 73 c. L. 60 c.

STEEN (Jean).

89 — Concert burlesque.

Bois.—H. 53 c. L. 44 c.

STRY (Van).

90 — Quatre vaches au repos, près d'une rivière, sont gardées par trois jeunes bergers.

Bois.—H. 55 c. L. 68 c.

THIER.

91 — Paysage avec chasseurs.

TROOST (Corneille).

92 — Revue d'une armée par un général

Toile.—H. 48 c. L. 66 c.

VELDE (Adrien Van de).

93 — Deux vaches dans un paysage.

Toile.—H. 20 c. L. 25 c.

VELDE (E. V.)

94 — Les Moissonneurs.

Bois.—H. c. L. c.

VERMEULEN.

95 — Rivière glacée sur laquelle sont des patineurs.

Toile.—H. 64 c. L 77 c.

DU MÊME.

96 — Canal avec patineurs et trainaux.

Bois.—H. 30 c. L. 41 c.

VICTOORS (J.).

97 — Marchande de légumes.

Toile.—H. 63 c. L. 52 c.

VRIES (Jean Renier de).

98 — Paysage : vue d'une église.

Bois.—H. 55 c. L. 47 c.

WALDORP.

99 — Rivière avec bateaux pêcheurs.

Bois.—H. 23 c. L. 35 c.

WEENIX (J. B.). 50

100 — Fruits divers : pêches et raisins.

Toile.—H. 57 c. L. 49 c.

ZAAFTLEVEN.

101 — Paysage, site montagneux. Sur le devant, des voyageurs se reposent.

Bois.—H. 36 c. L. 48 c.

102 — Jeune Femme assise près d'un berceau occupée à coudre.

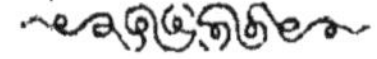

RENOU ET MAULDE, imprimeurs de la Compagnie des Commissaires-Priseurs,
Rue de Rivoli, 144. 1018

SUPPLÉMENT

AU CATALOGUE

Vente du Samedi 9 Mars 1861, salle nº 1.

EXPOSITION PUBLIQUE
Le Vendredi 8 Mars 1861, d'une heure à cinq heures.

Me **DELBERGUE-CORMONT**, Commissaire-Priseur, rue de Provence, 8;

M. **DHIOS**, Expert, rue Le Peletier, 33.

DÉSIGNATION

DES TABLEAUX

LA TOUR (Mme DE), signé. 60

102 — Jeune Fille assise près d'un berceau occupée à coudre.

Bois.—H. 61 c. L. 96 c.

LA TOUR (Mme DE), signé.

103 — Composition de trois figures.

Sur l'appui d'une fenêtre une jeune fille debout verse du punch dans un verre, que lui tend une dame âgée assise devant elle; au milieu, un domestique nègre tient un plateau rempli de verres; sur l'appui de la fenêtre sont posés un grand bol du Japon, une fontaine à thé, un citron, etc. L'extérieur est orné d'un bas-relief en grisaille représentant une danse des muses. Tableau très-fin.

Toile.—H. 35 c. L. 28 c.

HEEM (JEAN-DAVID DE), signé.

104 — Fruits et Nature morte.

Dans un plat d'argent, posé sur une table, on voit deux belles grappes de raisin blanc et muscat, un citron coupé, une orange, une branche de cerises, un grand verre, entourés d'épis et de fleurs. Belle qualité.

Bois.—H. 52 c. L. 43 c.

STRY (JACQUES VAN), signé.

105 — Vaches au pâturage.

Sur le bord d'une rivière de Hollande, un nombreux troupeau de vaches sont couchées dans un pâturage; derrière, un berger et une jeune fille causent ensemble; à leur droite, deux autres vaches debout; dans le fond, chaumières près d'un bois. Très-belle qualité.

Bois.—H. 23 c. L. 19 c.

Les cinq Tableaux décrits dans cette Notice nous étant parvenus trop tard, nous n'avons pu les comprendre au catalogue. Nous avons cru de notre devoir, vu l'importance des Tableaux, de les signaler aux amateurs dans cette Notice.

Renou et Maulde, imprimeurs de la Compagnie des Commissaires-Priseurs, rue de Rivoli, 144. 1018

www.ingramcontent.com/pod-product-compliance
Ingram Content Group UK Ltd.
Pitfield, Milton Keynes, MK11 3LW, UK
UKHW021040260726
13994UKWH00005B/2272